新雅兒童成長故事集

「問題」爸爸 Vs 「問題」兒童

陳華英　著

U0060884

新雅文化事業有限公司

www.sunya.com.hk

新雅兒童成長故事集

「問題」爸爸 VS「問題」兒童

作　　者：陳華英
繪　　圖：沈立雄
策　　劃：甄艷慈
責任編輯：曹文姬
美術設計：李成宇
出　　版：新雅文化事業有限公司
　　　　　香港英皇道 499 號北角工業大廈 18 樓
　　　　　電話：(852) 2138 7998
　　　　　傳真：(852) 2597 4003
　　　　　網址：http://www.sunya.com.hk
　　　　　電郵：marketing@sunya.com.hk
發　　行：香港聯合書刊物流有限公司
　　　　　香港新界大埔汀麗路 36 號中華商務印刷大廈 3 字樓
　　　　　電話：(852) 2150 2100
　　　　　傳真：(852) 2407 3062
　　　　　電郵：info@suplogistics.com.hk
印　　刷：中華商務彩色印刷有限公司
　　　　　香港新界大埔汀麗路 36 號
版　　次：二〇一五年七月初版
　　　　　二〇一八年十月第二次印刷

版權所有·不准翻印

ISBN: 978-962-08-6380-6
© 2015 Sun Ya Publications (HK) Ltd.
18/F, North Point Industrial Building, 499 King's Road, Hong Kong
Published and printed in Hong Kong.

目錄

成長路上

阿濃

各位小朋友，你們這個人生階段，最重要的事情是什麼，你們知道嗎？

答案是：成長。

你們大概沒有看過養蠶，蠶兒在結繭之前有四次休眠，在這四次休眠之間，牠們只是不停的吃。一大筐桑葉倒下去，牠們就努力的吃吃吃，幾千條蠶兒同時吃桑葉，發出的聲音好像下大雨一般。牠們這般努力的吃，就是為了完成一個成長過程。牠們的努力使我感動，但牠們不知道牠們未來的命運卻又使我感到悲哀。

我參觀過雞場和鴿場，成千上萬的食用家禽困居在一個個狹小的空間裏，憑自動供應的飼料和水按日成長，到了規定的日子，被推出市場或屠宰場。

短促的無意義的生命使我為這種安排感到遺憾。更不幸的是有一種飼養方法叫填鴨，要把過量的飼料塞進牠們的喉管，人工地製造一種被吃的鮮美肉質。

電視上看過一種養鴨方法，看上去比較人道。養鴨人手持一根長竿，把一羣幼鴨從家鄉帶上路，經過一些河流和池塘，鴨子自己覓食，一天天成長。最後到了預定的目的地，牠們已經適合送進肉食市場。趕鴨人連飼料也省下，鴨的旅程比較快樂，只是結局同樣無奈。

人的成長過程完全是另一回事，成長的目標之一，是能發展為一獨立個體，能夠控制自己的生命，度過有意義的一生。這有意義的一生包括相愛、歡樂、創造和奉獻。無比的豐盛，美麗又富足。

人的成長可分為身體成長和心靈成長兩部分，兩部分同樣重要。家長、老師、政府都應該關心下一代的健康成長，供應他們最健康的食物，提供鍛

煉身體的適當設備，讓他們接受從低到高的完整教育。這是基本，不應忽略但長被忽略的卻是心靈的健康成長。我們看到有人搶購認為值得信賴的奶粉，卻沒有人搶購精神食糧的書籍。

古人已注意到心靈成長的重要，孟子的母親搬了三次家，就是想找到一處良好的環境，有利於孩子的心靈健康成長。

影響心靈成長的因素很多，首先是家庭，父母的教導和本身的行為都深深影響孩子。跟着是學校，學校的風氣，老師的薰陶，同學的表現，對兒童及青少年心靈的成長有決定性的作用。隨後是社會，政府的管治理念，公民質素，文化水平，影響着每家每戶每個個體的靈魂風貌，整體格調。

其實有一樣能兼任父母、老師、政府的教化工作，影響人類心靈至深至巨，曾經很難得，現在很普遍的物件，它就是書籍。從前有少數人出身於世

代都是讀書人的家庭，稱之為「書香世代」。如今教育普遍，圖書館林立，網上資訊豐富，要接觸書籍絕無難度。只是少年朋友的選擇能力還未足夠，他們需要有經驗的出版家和作家為他們製作有助心靈成長的書籍。

香港最專業的少年兒童出版社，新雅文化事業有限公司，擔負起這個重要的任務，有計劃的製作一個成長系列。邀請城中高質素的兒童文學作家，為他們寫書。做到故事生活化，讀來親切；觀念時代化，絕不落伍；情節動人，文字有趣。編輯部又加工打造，讓故事兼備思想啟發和語文學習功能。孩子們將會獲得一套伴隨心靈成長的好書了。

阿濃

原名朱溥生，教師，作家。曾任香港兒童文藝協會會長。五度被選為中學生最喜愛作家。曾獲香港兒童文學雙年獎，冰心兒童文學獎。香港教育學院第一屆榮譽院士。

小飛豬的奇幻旅程

我是「小飛豬」。

不！不是！我雖然有點胖，但不是豬。

我是朱小飛，「小飛豬」只是我的綽號。

這個綽號來自一段不愉快的經歷：

四年級的時候，體育課的老師教我們
練習跳遠。到我的時候，想起小飛
象不是搧動牠的大耳朵而飛嗎？

我雖然沒有大耳朵，但也可以鼓動
我的雙臂呀！於是，我便使勁跑了幾
步，用盡平生氣力向上躍起，再拍動

着兩臂，希望能夠飛遠一點。可惜我那龐大的身軀不爭氣，只躍了兩尺便「啪噠」一聲像鐵錨一般墜下來了，跌了個「烏龜溜滑梯」——四腳朝天。

同學們都哄笑起來，説我「飛」的姿勢很「型」，就把我的名字朱小飛倒轉過來，叫我做「小飛豬」了。

我是個大量的人，不計較小節。況且「小飛豬」這個綽號聽起來也有點威風，所以我也不介意他們這樣叫我。

我才五年級，體重已經接近一百磅了。身上的肥肉是多了點，可能是吃得太多的緣故。小時候，肥可是個討人喜歡的事兒。媽媽老是向人誇耀我三個月時已能吃多少多少安士奶了，就像我的胃口好是她的榮耀似的。公公婆婆、爺爺嫲嫲更是敦促媽媽多給我吃營養食品。過新年時，親戚朋友都祝賀我「快高長大，肥肥白白」。結果，那時我手背腳背都是肉窩窩，人見人愛，人見

人抱的。

命運在我升上小學時轉了個彎——惡運來了！媽媽發覺我比其他同學胖，校服要特訂加大碼，走路慢吞吞，上樓梯氣吁吁的，着急起來，開始叫我節食減肥了。可是我陽奉陰違，到廚房盛飯時，把兩碗飯的份量壓縮成一碗。放學後偷偷到快餐店買零食。她也不忍心迫得我太緊，所以直到現在我還是一個小胖子。

今天，我很生氣，因為上體育課時，我們班分 A、B 兩組比賽「胯下傳球」，由組長選組員。我是被選剩下來的

一個，連 B 組組長——我的好友小方也不肯選我，因為他們都嫌我太胖，動作慢，是個「負資產」，我在哪組哪組輸。

在四百公尺接力賽時，體育老師也說：「由小飛跑第一棒吧！他跑慢了，有三個棒區的同學可以追回。」雖然這是事實，但說出來真是太傷我的自尊心了。

所以，放學的時候，我還是憤憤不平的。為了安撫我受傷的心靈，我就走到快餐店，買了一個雙層芝士漢堡包套餐，偷偷地放進書包裏。

回到家中，我告訴媽媽要做功課，就關上房門，坐在書桌前，把漢

12

堡包、薯條和汽水拿出來，狠狠的一口一口咬下去，用香脆的薯條和美味的包點來安慰自己，用冰涼的汽水澆熄我心頭的怒火。

美美的吃了一頓後，我攤開功課，用心的做起來。做呀做的，可能是媽媽説的「飯氣攻心」，腦子就有點迷糊了……

收音機正在報告：今天温度是攝氏 25 度，天陰，下豬……

「下豬？」是不是我聽錯了？

啊！沒有聽錯。果然，天上嘩啦嘩啦落下來的不是大雨點，而是一隻一隻的小飛豬，拍着翅膀，漫天飛舞。而我也是其中一隻，自由自在地在藍天飛翔，俯視着大地。

飛呀飛的，寫意極了。忽然我看見蔚藍的大海上浮着一個小島，上面

14

寫着「胖子國」三個大字。

這是我的國度呀！我高興地降落下來。

胖子國花木扶疏，環境也不錯。但他們的海關可真奇怪，是一塊空心人形的石板。凡過關的人都要從這裏走過。能通過的就分派為「小人物」的一組，不能通過的就屬於重量級「大人物」。

在胖子國裏，重量級「大人物」備受尊崇，他們不用工作，只是負責統治及管理「小人物」的。而「小人物」就要做勞工，服侍「大人物」。

哈哈！以我這樣肥胖的身體，當然屬於「大人物」啦！我獲分配了一間舒適的大房子，還有四個服侍我的「小人物」，替我料理家務。

從此，我衣來伸手，飯來張口，整天就攤在沙發上看電視，玩電子遊戲，隨心所欲的吃零食，好不快活！

有一天，我覺得有點無聊，便帶着兩個隨從上街逛逛。一路上，看到的「大人物」也不少。他們慢吞吞的，走起路來渾身的肥肉隨着腳步亂顫，看得人眼花繚亂。很多胖子走路都要由

「小人物」在後面推着，否則就走不動。有些太胖了，走不動，就只好半臥在擔架上，由幾個「小人物」抬着走。有一個坐在路邊看風景的「大人物」更是誇張。他太胖了，臉頰上的肉都垂了下來，和別人打招呼的時候，要兩個「小人物」在左右兩邊拉開臉頰上的肥肉才可以微笑一下，看得我心驚膽戰。

　　我看見很多「大人物」都是向同一方個走的，便問我身邊的隨從他們到哪裏去。原來他們都是到醫院去的。

　　跟隨我的「小人物」告訴我：那

些重量級「大人物」吃得多，幹活少，也懶得運動，所以越來越胖了。很多都患上了血壓高、血脂高、糖尿病和關節痛，有些甚至患了血管栓塞引起中風，所以他們要定期到醫院診治和取藥。

我雖然聽得不大明白，但常常聽到公公婆婆提起這些病症都苦着臉，皺着眉頭，便知道這是極壞的東西，不由得心中又是一驚。

在醫院的旁邊有一個小公園，由於「大人物」留在家中享福，不來這裏活動，公園日久失修，所以有點破落。

只有幾個「小人物」在盪秋千、溜滑梯和爬鋼架，正玩得開心。

我攤在家中享福，已經很久沒到公園去，看見秋千架，連忙跑過去。我坐在秋千架上，正想盪起來的時候，忽然「嘎」的一聲，繫着秋千的繩索斷了。

「砰」！一聲巨響，我跌倒在沙地上。可能我真的太重了。

真丟臉極了！ 隨從把我扶起，我偷偷向四周望去，那些「小人物」都不敢笑我。我自個兒沒趣的向滑梯走去。

可能真是吃得太多了，我十分艱

難才把肥胖的身軀移上滑梯頂，坐下來向下滑。正想享受那風馳電掣向下飛的感覺，忽然⋯⋯天啊！我被卡在滑梯中央了！

我上不得，下也不成，都得怪我太胖了。我只得紅着臉高呼：「救命呀！救命呀！」我的隨從連忙向醫院跑去。

　　從醫院跑出幾個「小人物」護士來。他們取出幾桶油，從滑梯頂向下灌，然後，一個護士用雙腳蹬着我的兩肩向下撐，兩個護士用強力吸盤吸着我的雙腳向下拉。幾番推推拉拉之後，我終於從滑梯中央滑下來了。他們把滿身油污的我送進沐浴間清洗。

　　這番遭遇真是太可怕了！我哭喪着臉，大聲嚷着：「我不要做『大人物』了！我不要做胖子了！」

「好！好！」幾個護士把我送進另外一個房間。

房間裏出來一個美麗的姐姐，她皮膚白裏透紅，眼睛明亮，嘴唇紅潤，身材苗條。

「你好！小飛。我是健康小仙，歡迎你來到『脫胎換骨』室。要想由小胖子變成健康的小朋友，就要來我這裏走一趟。」

我覺得這個姐姐很親切，還知道我的名字呢。便鼓起勇氣，向她問道：「我不想做小胖子了，怎樣才可以把身上的肥肉去掉呢？」

健康小仙說：「只要不是遺傳，也不是內分泌失調，那就好辦了。其實減肥很簡單，只要你消耗的熱量比身體吸收的熱量多就成。」

「那麼我要怎樣做呢？」

「就是控制食量，多做運動。說來簡單，但最重要的是有恆心！」

健康小仙把我帶到一個大熒屏前，用遙控掣把我全身掃描了一下。

你猜我看到什麼？

熒屏上出現了我的影像，但卻是被剪接到一個小超人身上的：我有結實的肌肉，健碩的身型和修長的手

24

腳，全身鬆塌塌的「豬腩肉」都消失了，多好看啊！多威風啊！

「我要做超人！我不要做小胖豬！……」我高興得大喊起來。

「喂喂喂！什麼不做小胖豬？又偷偷買漢堡包薯條吃了！你不做小胖豬想做大胖豬是嗎？」

是媽媽的聲音。她正拿着我的漢堡包紙袋站在書桌旁，一面把伏在書桌上打盹的我搖醒。我迷迷迷糊糊的看着她。

「快洗洗臉，跟媽媽到旺角買肥仔褲去！你看，肥

得連運動褲都『爆呔』了！」媽媽拿着我今天上體育課時裂開的褲子説。

唉！小飛豬真胖得出醜了。

晚上，上牀前，我在日記簿上寫下我的減肥大計：

1. 每餐飲食要有適當的份量。（買一隻有分格的小碟，分盛菜、肉、飯，控制比例和份量。）
2. 不吃快餐和零食。（正餐之間如果肚子餓就吃一點水果。）
3. 放學後在家門附近的小公園跑步半小時。

4. 跟着班長替老師捧練習簿。（從二樓教師休息室把本子捧上五樓班房也是一種很好的運動。）

5. 替媽媽做一些輕鬆的家務。（例如掃地、抹桌子。）

6. 每天玩電腦、看電視不超過一小時。

　　你們猜猜：小飛豬的減肥計劃能否成功？讓我們一起祝福他吧！

是雲雀就要飛上藍天

這一天，是音樂科考試。

何小雯低着頭，滿臉通紅，眼睛只望着自己的鞋尖，心兒撲撲地跳。她不住地祈禱：「老師，不要叫我的名字！千萬不要！」

她也真夠慘的，暑假才跟着爸爸媽媽，從中國的浙江省來到香港，九月開課，就在嶺光小學讀六年級了。她不懂廣東話，只會說普通話。老師講課，她聽不明白，只是瞪大眼睛望着講壇。同學跟她說話，

她也聽不懂，更加答不來。漸漸地，自己就變成個「啞巴」了。學科成績比起在國內更是一落千丈，她心中十分着急。但又有什麼法子呢？

今天的音樂科考試，她不想站在同學面前出醜，唱那難發音的該死的廣東話，所以，她一直迴避着王老師的眼睛，希望老師把她遺忘。但是，大限難逃——「何小雯！」王老師叫她了。

小雯只好磨磨蹭蹭的走出去，站在鋼琴前。

王老師彈響了前奏。

小雯沒做聲，頭垂得快要掉下來了，

只覺得全班同學的目光箭般向她射來。

王老師再彈了一遍。

小雯還是沒做聲。

「小雯，別怕！高聲地唱呀！」

前奏又響起來了。在老師再三催促下，小雯蚊子似的哼哼起來。

但她只哼了一句，同學們就忍不住哄笑起來，因為小雯的廣東話發音實在古怪。

王老師知道問題所在了。她說：「小雯，你不用唱考試指定的歌曲，你用普通話唱一首自己喜歡的歌曲吧！」

「我唱《喀秋莎》。」小雯低聲地用普通話回答。

「好！」王老師馬上彈起了前奏。

小雯開口了，但聲音還是很小。

「小雯，歌聲很好聽呀！再響亮一點，放膽地唱吧！」

小雯想起自己原本也是學校的合唱團團員呀！在王老師的鼓勵下，她鼓起勇氣，高聲地唱起來：

　　正當梨花開遍了天涯，河上飄着柔曼的輕紗，喀秋莎站在峻峭的岸上，歌聲好像明媚的春光⋯⋯

　　全班都靜下來了，因為小雯的歌聲這樣甜美，恍如一隻小雲雀在藍天上高歌。

　　王老師一邊彈琴一邊微笑點頭。她也很高興發現了這樣一副美妙的歌喉。

　　小雯唱得十分投入，漸漸就忘卻了恐懼，克服了膽怯。

　　歌唱完了，同學們都鼓起掌來。

「小雯，你看，唱得多麼好啊！同學們都很支持你呢！再唱一首吧！」

小雯開了腔就停不下來，她再用普通話唱了一首《青春舞曲》：

太陽下山明早依舊爬上來，花兒謝了明年還是一樣的開……

小雯不但聲音好聽，節奏感也特別強。同學們都忍不住一邊擊掌一邊用廣東話跟着唱起來。

音樂課完畢後，王老師知道小雯的語言問題了，就指定略懂一點普通話的美琪做小雯的「小老師」，幫助她學習廣東話。

走出音樂室的時候，文文對小山說：

「王老師真有辦法，連啞巴也可以變成黃鶯！」

　　恰好被走在後面的王老師聽到了，對他們說：「什麼『啞巴』？不能這樣說同學的，她只不過是不習慣說廣東話而已。你們應該多點幫助她呀！下學期學校加開普通話課程，說不定，你們還要多多向她請教呢！」

　　文文伸伸舌頭，再也不敢說小雯是「啞巴」了。

　　小雯是個聰穎的女孩，而且非常勤奮用功。而美琪也是一個稱職的「小老師」，替她翻譯，教她說話。她很快就學會了不

少廣東話，可以和老師、同學溝通了，成績也漸漸上了軌道。王老師把她選入了合唱團。由於她唱得好，很多時還擔任領唱呢！

校際音樂節快要來了，合唱團加緊了練習。過去幾年，嶺光學校的五六年級合唱比賽曾經得了不少獎項。今年，王老師還特別多選了一個參賽項目，就是 12 至 14 歲女聲獨唱。

為了參加這個項目，王老師內心也掙扎了很久。首先是年齡問題——12 至 14 歲組別，很多著名的英文中學中一、中二的女同學都會參加，而嶺光小學參賽的只

能是 12 歲的六年級女生，年紀上有點吃虧。其次，比賽的曲目是舒伯特的小曲《野玫瑰》，要用英文唱出，所以英文中學的女生佔盡優勢。如果參賽，要克服的困難很多。但當王老師想到小雯甜美的歌聲，寬廣的音域，特強的音樂感時，忍不住對自己說：是雲雀就一定要飛上藍天，一定要給她一個嘗試的機會，才不會白白浪費了她的天賦呀！

於是，王老師要小雯每天提早半個小時回到學校，幫她練習發聲和練唱。又要她放學後到英文科任吳老師處朗讀歌詞，由吳老師糾正她的英文發音。

小雯也非常用功和認真，回家後不但把歌詞一遍又一遍的高聲朗誦，而且連當天英文課教的課文也朗讀幾遍，以練習自己的口型和發聲。

　　最後，王老師坐下來，靜靜的想了好一會，對歌曲的演繹方式做了特別的處理，希望能夠「出奇制勝」。

　　這首小曲分三段，是甜蜜而帶憂傷的歌謠，描繪少年與野玫瑰的一段愛情糾纏，一般的唱法都是比較緩慢。

　　王老師對這首歌的處理比較多變化。她對小雯說：「你就是野玫瑰，第一段是說少年人愛慕你，想親近你，摘取你，你

心中也有點喜歡他，便和他糾纏。所以你要唱得輕快，有點調笑的味道。第二段是你和少年的對話，叫他尊重你，不要隨意把你摘取，唱得慢一點，比較端莊。第三段是少年不聽勸告要摘下你，你把他刺了又刺，希望在他心底留下深刻的印象。這段要唱得甜蜜而憂傷，最為緩慢。」

小雯果然是個聰穎的女孩，試唱了幾次後，基本上已把握了王老師的要求。王老師和她都有了信心，而她也更勤奮地練

習了。

　　比賽的日子終於到來了，比賽場地在一間中學的大禮堂。台下黑壓壓的坐滿參賽者：有合唱的，也有獨唱的；有中學的，也有小學的。當女子組獨唱開始時，幾位中學的參賽者陸續出場了，她們無論音準、節拍都非常準確，咬字清楚是她們的特色。小雯有點害怕了，渾身發抖，汗珠也從額上冒出來。

　　王老師拿出紙巾，替她拭去額上的汗，用雙手緊握着小雯冰冷的小手，說：「小雯，別怕！是雲雀就要飛上藍天。無論多困難，王老師都會陪伴着你一起走的。」

「嶺光小學何小雯同學！」評判喊出她的名字。嶺光合唱團的同學劈里啪啦的鼓起掌來，他們以掌聲為小雯「打氣」。

　　小雯戰戰兢兢地走上台，王老師緊隨着她後面。

　　鞠躬行禮之後，抬頭一望，小雯只見台下黑壓壓的一片都是人，有點頭昏眼花。她回頭望了王老師一眼。

　　王老師端坐在鋼琴前，正微笑着用鼓勵的眼光望着她呢。王老師用兩手在嘴角做了一個向上揚的動作，這是王老師在表演前教她微笑的姿勢。小雯不禁笑了，在這個緊張的時刻，王老師的目光和笑容，

恍如一道明媚的春陽，溫暖了她的身心。

野玫瑰的前奏響起了。「是雲雀就要飛上藍天」，王老師的話語又在耳邊響起來。

「小雲雀要起飛了！」小雯對自己説。她鼓起勇氣，定了定神，便全神投入歌曲中。

男孩看見野玫瑰，荒地上的野玫瑰。

清早盛開真鮮美，急忙跑去近前看……

小雯用臉上的表情，隨節奏輕輕擺動的身軀，甜美清脆的歌聲，完美地演繹了王老師心目中的野玫瑰。

全場一片寂靜，大家都被台上這朵清純美麗，活潑而又高傲的「野玫瑰」吸引住了。

最緊張的時刻來臨了，經過幾位評判商議後，開始宣布這個項目的比賽結果：

「12至14歲女子組獨唱比賽：第一名，嶺光小學何小雯！」

嶺光小學的同學像彈簧一樣跳躍起來，不停地鼓掌。王老師和小雯緊緊地擁抱着，她們越級挑戰成功了！

老師眼角上有一顆晶瑩的淚珠。同學們都很奇怪，王老師訓練的合唱隊已經拿過不少獎項，為什麼今次特別的激動？以

他們的年紀，是不會明白老師的心，明白老師能發掘學生的潛能，引領出他們信心時心底的喜悅。

經這這次比賽後，小雯親身經歷到：無論處身什麼境地，千萬不要自卑，要面對眼前的困難，想法子解決，或者尋求老師同學的協助。只要自己能努力奮鬥，跨越重重障礙，就會有成功的機會。

「是雲雀就要飛上藍天！」王老師的話常在她耳邊迴響，陪伴她克服了英文和廣東話語言上的障礙，克服了膽怯和自卑，陪伴她順利地升上中學。

現在，雖然王老師已經移民到加拿大

去，少了一個親近老師的機會，但小雯早已把老師的話語銘刻在心底。

老師，你放心吧！「是雲雀就要飛上藍天！」這隻小小的雲雀，無論將來在生活上遇到什麼艱難險阻，都會緊記着你的話，奮力衝破狂風暴雨，在藍天白雲上振翅高歌。

神秘的萬聖節晚上

「這個學期，我們要介紹的節日是萬聖節。」

當班主任李老師宣布這個消息之後，我們班就像粉團投在沸油鍋裏，炸了開來。大家都交頭接耳，議論紛紛。你知道嘛，我們小孩子對於鬼怪之事，又怕又好奇又敏感，何況是有關「他們」的節日！

我們學校有個傳統，就是每個學期重點介紹一個節日。到了那個節日的前後兩周，學校的布置，走廊的壁報，課室的裝

飾，甚至老師講課的內容，都會和這個節日配合。就是說，即將來臨的兩星期，許許多多萬聖節的裝飾，鬼鬼怪怪的話題，特別的慶祝形式，都會在學校一一出現，這是多麼刺激的一回事！

李老師看見我們這樣感興趣，就問：「你們知道萬聖節的故事嗎？」

「我知！我知！」從溫哥華回來的小芳立刻舉手，每年的萬聖節，媽媽都把她打扮得漂漂亮亮的去討糖果，她當然知道啦，「萬聖節是西方的節日，每年十月三十一日的晚上，小孩子們都會穿上奇形怪狀的服裝，戴上面具，逐家逐户的去討

糖。口中說着「trick — or — treat！不給糖就搗蛋！」大人們都會給他們一些糖果。一到十月，很多商店便會掛出各式各樣的萬聖節服飾給人們選購了。」

「那麼，你知道萬聖節的起源嗎？」李老師問道。

「這個……」小芳搔搔頭，坐了下來。

李老師微笑着說：「萬聖節本來是基督教徒紀念殉道者的節日，稱為萬聖節。」

「什麼叫殉道者？」文文瞪着疑惑的眼睛。

「殉道者就是為堅持信仰而犧牲的人。這個日子後來在民間演變成鬼節。相

48

傳這一天亡靈會離開地府，在世間遊蕩，所以這天晚上十分危險，活人就要戴上面具，穿上奇形怪狀的服裝，以嚇走邪惡的鬼魂。」

「嘩！」大家聽了都驚呼起來。文強還扯開嘴巴，翻着白眼，向鄰座扮鬼臉呢！

「還有什麼關於萬聖節的補充呢？」

大勇站了起來，說：「我們鄉間也有鬼王節呀老師。」他是這學期從東莞過來的新同學，鄉下的事他最知曉，「到了七月，就是我們中國人的鬼月，說是鬼門關大開，遊魂野鬼到處遊蕩，人們都會用香燭、祭品、衣紙等拜祭『他們』。到了七

月十四日，鬼門關要關上了，鄉民們就會設祭壇，演神功戲，好讓鬼魂吃飽看飽乖乖地回地府去。又紮兩個高大威猛的鬼王，把不聽話的小鬼捉回陰間。」

同學們都津津有味的聽着這詭秘的節日的來源。

「謝謝大勇和我們分享了中國的鬼節——盂蘭節的故事。現在大家都對萬聖節有了基本的了解。明天美勞課我們要雕刻南瓜燈，大家記得帶報紙來墊着書桌。還有……」李老師忽然壓低聲線，神秘地說，「十月三十一日晚上，我們還有全校同學的萬聖節晚會，記得穿上萬聖節的服

裝來參加『扮鬼扮馬』大賽呀！」

一下子遇上這麼多新玩意，大家都興奮萬分，熱烈的討論起來。

女同學最近都迷上了《魔雪奇緣》這電影，小芳反應最快，她說：「我要扮Elsa！」文文說：「那麼我就扮Anna！」

小光說：「有公主就要有王子去保護，我扮紅寶石王子。」

「哼！誰要你獻殷勤。」小芳、文文搶着說。

跟着，有同學說要扮鹹蛋超人，有人說要扮南瓜怪，有人說要扮吸血鬼，好不熱鬧。

「我扮骷髏骨，大勇！你呢？」身材瘦小的「古惑仔」文強說。

　　「我？我扮鬼王，專捉你們這些小鬼！哈哈。」

　　大家鬧哄哄的說得開心，只有坐在前排的小梅默不作聲，低着頭，雙手捲着自己的衣角。

　　小梅磨磨蹭蹭的回到家中，走進那八十多呎

的「劏房」，拉出了那也是飯桌也是書桌的小摺枱，珍而重之的捧出爺爺上個月買給她的平板電腦，開始做功課了。她環顧四周，除了一張碌架牀和一個小雪櫃之外，就是堆堆疊疊的雜物。爸爸媽媽在深圳打工，她獨個兒跟着爺爺在香港居住，日間爺爺還要到餐館工作，掙錢不易，難道還要爺爺花錢買萬聖節衣服給她？但同學們都穿得漂漂亮亮的，難道自己竟然穿着校服去開晚會？太異相了！想來想去，頭都痛了，忍不住長長的歎了口氣。

　　這時，恰巧爺爺放工回來：「妹頭，你幹嗎？『呻到樹葉都落了』，你看！眉

頭皺得老人精似的。告訴爺爺，是不是學校有人欺負你？」

「不是的，爺爺！只不過是學校下星期開萬聖節晚會，同學們都穿上萬聖節服裝去參加，我不想你花錢給我買一套只穿一次的服裝，所以我不打算去了。」

「傻瓜！這些玩意兒可以自己做的呀，何必去買呢！」

「自己做？爺爺你曉得怎樣做嗎？」

「爺爺小時候，什麼玩具都是自己做的：用草葉織草蜢、做笛子；用榕樹豆和香腳做花塔、做轎子；用火柴盒做小桌子、小椅子；用柚皮、月餅盒、可樂瓶做花燈，

沒有什麼可以難倒我的，只需動動腦筋就成了。現在，你先在電腦上搜索一下服裝的式樣，我們再研究哪一套最適合。」

於是，兩爺孫便頭並頭的在電腦前商議起來。

第二天，上英文課的時候，丁老師教我們一首萬聖節討糖歌：*Trick or treat! Smell my feet. Give me something good to eat!* 下課的時候，全班都會唸了。走廊上的同學，都聽到我們班一聲一聲的吼着這首歌。

英文課之後便是美勞課，王老師和校工捧來六個金燦燦的大南瓜，分給我們每組同學一個。老師先替我們剖開瓜頂，然

後教我們把瓜囊、瓜子挖出來，再用水筆在瓜殼上畫上要刻的臉譜，最後就是小心翼翼、一刀一刀地把臉譜雕刻出來。

下課後，六個南瓜整整齊齊的排在教桌上，雖然都是三角眼、三角鼻，但每個造型都不同，創意無限，十分有趣。王老師說晚會的時候，南瓜燈裏點上蠟燭，忽閃忽閃的，才好看呢！

正當大家圍着教壇欣賞自己的作品時，只見小梅努力地把六張桌上的瓜囊瓜子收入一個膠袋中。小芳問她有什麼用，

她只是眨了眨眼，露出罕見的笑容。

盼呀盼的，萬聖節晚會終於來臨了。大家都神神秘秘的，提着自己的萬聖節服裝，向學校走去。

小梅也匆匆忙忙的走着。天上一彎新月，半明半暗的躲在雲中，滿有鬼夜的氣氛。踏進校門，就看見禮堂的壁報板上貼滿了萬聖節的剪圖——黑蝙蝠啦、吸血鬼啦、女巫啦、蜘蛛網啦，台上還擺了一排亮着忽閃忽閃燭光的南瓜燈。

小梅走進女廁更衣，今晚她變身為一個小女巫。她披上用紅色尼龍草編成的假髮，戴上黑卡紙做成的高帽，穿上黑色垃

圾袋裁成的斗篷和裙子，上面還貼滿閃亮的銀星，騎着家中帶來的小掃帚，提着一個小黑桶，桶中載着送給同學們的神秘禮物。

這女巫服飾是她和爺爺花了一整晚的時間做成的，在鏡前照照，還真「有型」，但是，比起小芳她們到店裏買的華麗公主服裝，會不會顯得寒傖？

「說曹操，曹操到」，廁格門「依呀」一聲打開了，小芳扮的 Elsa 公主出現在眼前。她穿着一條藍紗長裙，披着一條長長的淺藍薄紗披肩，上面綴滿閃亮的雪花。長髮紮成辮子側在左肩。

「小梅，你看我設計的紗裙好看嗎？」
她在小梅面前轉了一圈，長長的薄紗披肩
飄旋了一個優美的弧形，上面的雪花閃閃
發亮。

「你自己做的？你不是到服裝店買
嗎？」

「自己做才好玩呢！這頭飾是姐姐借
給我的，這披肩是媽媽的長圍巾，上面的
雪花都是姐姐和我一起貼上去的，多好玩
呀！你的女巫造型也很趣緻呢！還帶着個
小掃帚。走吧！」她拉着小梅的手向課室
走去。

課室裏的燈都用顏色玻璃紙包起來

了，泛出藍色、紫色的光。教壇上擺放了六個南瓜燈，從眼睛、嘴巴、鼻子裏晃動出黃光。天花板吊下幾副骷髏骨和扯薄了的絲棉做成的蛛網，窗玻璃上貼滿了黑蝙蝠。有個愛搗蛋的同學還帶來了錄音機，播放出恐怖的風聲和鬼叫聲。明明滅滅的燈光之下，是二十多個穿着奇怪服飾的小人兒。

本來是詭異恐怖的氣氛，卻被同學們清脆的笑聲打破了，因為我們看到了彼此的扮相，都忍不住哈哈大笑起來。

太空人大勇，是用大大小小的紙盒貼上銀色的閃光紙，套在手、腳、身體和頭

部做成的，在燈光下閃閃發亮。瘦小的骷髏骨人文強，穿上緊身的黑色衣褲，上面貼上白色的骨頭剪紙，走起路來瘦弱的手腳上貼的骨頭搖搖晃晃的，活脫脫的就是一副骸骨。

扮 Elsa 的小芳一隻手拖着扮 Anna 的文文，一隻手拖着小女巫小梅走上講壇，瀟灑的轉了一個圈，同學們都看呆了。小梅鼓起勇氣，向教壇下的同學説：「我是東方好女巫，特地來送禮物給你們的。」她從黑色小桶中取出一個個漂亮的小包送給同學。

「嘩！好香。」有同學急不及待的打

開小包包，原來是炒香了的南瓜子。

跟着走上來的還有蜘蛛俠、鹹蛋超人、小露寶、叮噹、吸血殭屍和阿拉伯公主等等，都是同學們自己精心設計出來的。但最令同學們笑彎了腰的是：扮俠盜羅賓漢的以希到處找尋他頭上的紅羽毛，「紅寶石王子」小光把他最重要的佩劍遺留在家中，「蝴蝶仙子」茵茵左邊翅膀不停的掉下來。

最後，一位高大的白髮女巫走上講壇，原來是李老師。她說：「各位小精靈，今晚我特別的高興，因為我看到你們用自己的雙手和腦袋，設計了這麼多姿多采的服

裝，發揮了無限的創意。創意就是將來推動你們去研究去發明的根基呀。」

這時，播音機播出了聖桑的《動物嘉年華會》的音樂。「各位同學，現在是『百鬼夜行』的時段，請大家跟着老師，繞着六層樓的走廊走一圈，然後到禮堂舉行『萬聖節服裝』大賽。」

我們魚貫走出課室，走廊上早已擠滿了穿着各式各款衣飾的其他班同學。我們一邊走，一邊唱着：*Trick or treat! Smell my feet. Give me something good to eat!*

天上的半彎新月也從雲中探出頭來，似乎想伴着我們大巡行呢！在這個難忘

的，神秘而又熱鬧的晚上，每個人都變成一個小小的精靈，又是一個小小的服裝設計師了。每個人都盡情歡笑和玩耍，至於是誰得獎，又有什麼關係呢？

海亮和天藍

自從爸爸因病去世後，家中可不一樣了。

爸爸去世後的第一個星期，媽媽抱着我和海亮狠狠的哭了幾場，把我和弟弟的肩膊都哭濕了，此後就不再哭，只是眉頭像有個小鎖子鎖着，展不開來。家中再沒有她爽朗的笑聲了。

親友們都説：「天藍天藍，現在家中數你最大了，要做男子漢了，好好的照顧媽媽和弟弟呀！」

就這樣，十二歲的我，就要做「男子漢」啦。

因為爸爸是加拿大籍人，為了就近爺爺嫲嫲和叔叔嬸嬸，大家好互相照顧，媽媽決定帶着我和海亮到温哥華去。

臨上機前，公公撫着我和弟弟的頭説：「天藍，海亮，媽媽是航空母艦，你們就是小飛機。現在航空母艦要起航了，你們兩架小飛機要好好的保護航空母艦啊！」

霎時間，我覺得肩上的責任又重了些。

到了温哥華，我們住在一間五十多年的老房子中。屋內分三層：地庫、樓下和樓上。樓下是客廳、廚房和主人房；樓

上是我和弟弟的睡房。弟弟的睡房旁邊有一間空房子，有落地大窗通出小露台，這就是我們的書房。房子很近爺爺嫲嫲的家，再往西走，就是一個樹木參天、小動物出沒的林區了。

還記得搬入新居的第一個晚上，四周靜得怕人，完全沒有人聲車聲，只有間歇的蟲鳴。我翻來覆去睡不着。忽然，房門「吱呀」一聲打開了，弟弟拖着他的啤啤熊，拿着他的平板電腦進來了。

「哥哥，上次你不是要玩我的 angry bird 嗎？我給你帶來了。喏，今晚我和你一起睡好嗎？」海亮怯怯

的説。

我記起從前和弟弟爭玩電子遊戲的事，不覺有點臉紅。那時弟弟不讓我，我竟然把他的啤啤熊丟在地上，我怎能這樣對待自己的小弟弟呢？

我把弟弟拖上牀，分了一個枕頭給他，替他蓋好被子。

「睡吧，快睡吧！」我説。

一會兒，弟弟就在我身旁甜甜的睡着了，發出勻細的鼾聲。

我看着弟弟胖嘟嘟的臉，垂着兩排長長的眼睫毛，睫毛上面還掛着一粒淚珠，大概剛才睡不着，哭了。從前在香港我

是和他睡在同一間房間裏。他才八歲，比我少四歲。以前我總欺負他，和他搶東西玩，和他爭電視看，爸爸媽媽老是叫我讓他，我總覺得他們偏心。事實上弟弟年紀這麼小，是需要我們照顧愛護的呀！

過了幾個星期，我們安頓下來了。我和弟弟在附近的一間學校就讀第七班和第三班，媽媽就在另一間學校教課後的中文班。

　　每逢星期天，媽媽都很遲起牀。因為她要上班，要照顧我們的起居飲食，要打理偌大的房子，還要看顧前後園子的花木，身心疲累，所以要靠星期天補充體力。於是，我乖乖的拿出了麵包、花生醬和牛奶，又煎了兩個蛋，就招呼弟弟一起吃早餐。

　　海亮正趴在廚房的窗口，看着兩隻伶俐的松鼠在電燈桿子上打架。忽然，他大聲嚷起來：

「大件事了，哥哥，你看！」

這時，幾隻大黑鴉呀呀的叫着，撲剌撲剌的從窗外掠過，我心中已有一種不祥的預感，便匆匆奔到窗前。

嘩！不好了。後園已變成劫後災場：西瓜皮、雞骨、魚骨、菜葉、粟米蕊、橙皮、廢紙、膠袋鋪了滿地。

原來，昨天媽媽把一大袋垃圾放在廚房外，可能她太累了，臨睡前就忘了把它放進垃圾桶中蓋好。這羣大黑鴉以為我們為牠設下盛宴，清早飛來，把膠袋啄開，開「大食會」去了。

「哥！我告訴媽去。」

72

「別！海亮，媽媽太累了，讓她好好休息吧！」

我拿出了一個垃圾袋，兩對膠手套，和弟弟一起戴上，吩咐他：「我們先把大塊的垃圾拾起，再把其他的掃乾淨。」

於是，我們先拾起西瓜皮和膠袋，再把細碎的垃圾掃進袋裏去，把袋口紮好，放進垃圾桶內，嚴嚴的蓋上。

洗淨了手，我們坐下來吃早餐，心中感到無比的快樂。

「這樣，媽媽就可以多睡一會兒了。」海亮說，他開始懂事了。

此後，每逢睡覺前，我都先到後園

檢查一下垃圾桶有沒有蓋好，免得討厭的烏鴉又給媽媽添麻煩。

我家前院有一棵黃金梅子樹。夏天過去，秋天來了，樹上掛滿了一個個金黃的果子，小燈籠似的，在陽光下閃閃發光。成熟的時候，又甜又多汁。媽媽拿把小梯子，小心地爬上去，把纍纍的果實摘下來，叫我們放入籃子內，給爺爺和鄰居們送去。

這天下午，我們發現了一個驚人的場景：一隻小黑熊，坐在梅子樹的橫枝上，正享受那甜蜜的果子，吃得嘴上、胸前金黃的汁液四濺。

媽媽看見了立即把窗子關

上，再打電話給爺爺問怎麼辦。爺爺想了好久，說黑熊嘗過了甜頭，一定會再來，嚇着了海亮和天藍就不好，倒不如把樹砍了。我和海亮都反對，梅子樹送給我們這麼多美味的果子，我們怎能對它這樣殘忍呢？

「媽媽，如果黑熊爬不上樹，摘不到果子，牠就不會來，是嗎？」海亮眨着大眼睛説。

「當然，但熊是會爬樹的呀，傻瓜！」我搶着説。

弟弟沒作聲，眼睛眨呀眨的。忽然，他指着鄰居的煙囱説：「你看！威廉叔

叔的煙囪包了鐵皮，這麼光滑，什麼東西都爬不上去了。」

「對呀！」媽媽恍然大悟，「我們用鋅鐵皮包着樹幹，黑熊就不能爬上去啦。」

過了兩天，叔叔到來，替我們用三呎高的光滑鐵皮包着梅子樹的樹幹。黑熊又來了兩次，見手腳無處着力，就不再來了。

真想不到這「跟屁蟲」也會想出好點子。

秋深了，楓樹、橡樹、栗子樹的葉子不停飄落，大塊的如團扇，小塊的如手掌，層層疊疊的鋪滿了車道、前園和後園。下了幾陣雨，葉堆裏

還冒出了一個個紅底黑點的大蘑菇來，像小仙人的房子。

這個星期，媽媽任教的中文學校考試，她正忙着，沒空掃樹葉，想不到幾天之內落葉就積了幾吋厚。

我和海亮對着滿園子落葉發愁。自從擊退了那饞嘴的小黑熊後，海亮這「跟屁蟲」在我心中就升了級，可以一起商議大事了。

「海亮，園子裏樹葉那麼多，媽媽怎掃得完呢？我們要幫幫她啊！」

「那麼，我們一起掃吧！」

「但樹葉積得厚了，單憑我倆是掃

不完的，得想想法子。」

　　這時，約翰和亞力踏着滑板，從我家門前經過。他倆是我的同班同學，也是我的鄰居。我拖着海亮，衝出去把他們截停。

　　「Hi！你好，出來玩滑板好嗎？」亞力說。

　　「不了，我正想着一件事，」我指指梅子樹上的鳥窩，「昨晚巢裏吱吱喳喳的鬧得歡，小鳥兒出生了，我想知道到底有多少隻小鳥來到我家。」

　　「但是，鳥巢這麼高，怎看得到？」約翰抬頭看了看。

　　「我想到一個好法子，我們

78

把落葉掃入垃圾袋中，再一袋袋疊起來，就可以爬上去看看了。」

頑童最喜歡新玩意，約翰和亞力果然立刻回家，扛着竹帚子來了，還找來了湯姆和亞倫。於是，我們六個人，就揮舞着竹帚子，和半尺厚的落葉大戰起來。一邊掃還一邊揚起滿天落葉，來個星球大戰。

掃呀掃的，滿園子的落葉都被我們掃進袋中，居然裝滿了八個二呎高，一呎寬的大袋。

大家把袋子堆到樹下，疊成一道梯子。亞力第一個爬着梯子走上樹，看了鳥巢一眼，像發現了驚世的秘密，「嘩」

的一聲大叫起來。

大家都爭着要爬上去看看。第二個爬上去的是約翰，他看了看，便大叫道：「四隻！共有四隻！」

亞倫爬上去，仔細一看，說：「小鳥還沒有長出毛，很瘦小，眼睛很大，嘴巴

都是黃色的，很醜怪！」

湯姆爬上去看了看，神秘的笑了笑，沒作聲，爬下來了。

最後爬上去的是海亮，他看了好久，撇撇嘴：「都沒有小鳥，騙人的！」

樹下爆發出一陣笑聲。

玩完這個遊戲，大家都渾身大汗。我送給他們每人一排果仁朱古力，謝謝他們的幫忙。這隊「頑童特工隊」便扛着竹帚子，踏着滑板，吹着口哨，心滿意足的回家去。

我和海亮把一袋袋的落葉拖到車道旁，待明天收垃圾的工人叔叔來搬走。

媽媽今天回家特別早，想抽空把落葉清理。下車的時候，她簡直不敢相信自己的眼睛：

「是誰把葉子掃了？是誰把園子清理好？」

「是鹹蛋超人！」我向海亮眨眨眼。

「是叮噹！」弟弟也向我眨眨眼。

媽媽笑了。她把我倆擁入懷裏：「海亮和天藍都長大了，能幫媽媽手了，真好！」很久沒見過媽媽這樣舒眉展眼的笑了。

日子一天天的過去，打理園子的功夫，我和海亮也能幫着做

了。媽媽移居温哥華最初的緊張情緒開始舒緩下來，心情也慢慢的好了。

有一天晚上，我很累，老早便倒頭大睡，因為日間幫媽媽剪草的緣故。半夜裏，突然我被一陣奇異的聲音驚醒。矇矓間，看看桌上的夜光鐘，綠瑩瑩的指針才指着零晨三時多。

那怪聲來自書房，像有人在移動家具桌椅。是誰呢？媽媽今天打理園子也十分疲累，早早睡了；弟弟是夜裏從不起牀的，可能是我聽錯了，還是放輕鬆點睡吧。但一合上眼睛，那拖動家具的聲音又來了。

我不由得打了個冷顫，想起以前看

過的一個靈異故事，說空房子常傳出怪聲，是有幽靈居住的緣故。莫非……莫非是有鬼？再想了想，更令我全身發抖，莫非……莫非是進了賊？大概小偷是從水渠爬上露台來了，幸好書房沒有什麼財物，任他自出自入好了。

但是，不行！弟弟的房間就在書房旁，賊人可能嚇着他呢，這小不點最膽小的了，作為一個哥哥，我得保護他呀！

於是，我拿起壘球棒，悄悄推開房門，躡手躡腳的繞過弟弟的房間，走到書房前，定一定神，輕輕推開門，硬着頭皮望進去。微弱的光線下

看不見人，可能在露台上逃走了。但背後卻有一隻小手扯着我的衣服，回頭一看，是海亮，他也舉着網球拍跟着來了。

「海亮，回去！危險呀。」我壓低聲音說。

「不！哥哥，兩個人比一個人好。賊人打你我打他！」這「跟屁蟲」堅定不移的說。真沒他法子，難怪別人說「打虎不離親兄弟」。

我和海亮悄悄走近露台。

嘩！不得了，斜倚着牆的兩張摺椅被推翻了，拖到露台中央；幾個紙皮箱東歪西倒，雜物四散，拖鞋東一隻、西一隻，

一些舊玩具散滿一地。

而我們——與兩個「賊人」正面相遇了——隔着玻璃門，在黯淡的月色下，兩隻狗樣大的鼬鼠，豎起全身的鬃毛，雙眼瞪往我們。

唉！這兩個餓慌了的傢伙，居然沿水渠爬上來找食物了，驚醒了我和海亮的好夢。

我和弟弟都哈哈大笑起來。

背後傳來的笑聲比我們更響

亮，一對有力的臂膀把我們擁進溫暖的懷抱，那是媽媽！很久沒有聽過她這樣清脆的笑聲了。

那一晚，我們都睡在媽媽的牀上。她的牀真大，大得像隻航空母艦，而停在上面的兩隻小飛機——我和弟弟海亮，就安全舒坦的睡在上面。夢中，我看見爸爸了，他微笑着，欣慰的看着我們呢！

「問題」爸爸 VS 「問題」兒童

胡先生的家是個「問題家庭」。

因為胡先生是個「問題」爸爸，所以他有三個「問題」孩子。

你看你看！問題就是這樣出來的。

昨天吃晚飯的時候，胡爸爸問：「文文、林林、貝貝，我問你們：一條變色龍躺在手術桌上，獸醫正在替牠做手術。你們猜猜牠的顏色有什麼變化？」當胡先生的朋友那個當獸醫的女兒告訴他上述

這一件事情時，胡先生腦海中馬上就出現了變色龍霓虹燈般七彩變幻的畫面的。

誰知道，「問題兒童」的一串問題潮水般湧來了！

「爸爸，獸醫姐姐下的麻藥是否不夠？」

「牠做手術時是否還有知覺？」

「爸爸，牠患的是什麼病？」

胡爸爸呆住了，原來孩子們疼愛變色龍的心意，比他們覺得變色龍躺在手術桌上不停變色的有趣感覺還要強。

上一個星期天也是同樣的情形，在茶樓喝茶的時候，胡爸爸皺着眉告訴文文、

林林和貝貝這樣的一件事：「王叔叔一位住在新加坡的女畫家朋友，在花園寫生的時候，不幸給白紋蚊子叮着了，感染了登革熱。於是，頭痛發熱、全身肌肉酸痛、關節痛都來了，後來，腸胃出血也發生了。在她重病昏迷的時候，醫生對她的丈夫和子女說：她需要立刻截去四肢，否則生命不保。她的家人陷入極大的痛苦中——究竟截肢呢？還是甘冒極大的生命危險而保存手腳呢？」

「文文、林林、貝貝，如果你是她的子女，會怎樣決定呢？」胡爸爸問。

還未找到答案，孩子們的問題

又排山倒海的來了。

「爸爸，為什麼感染了登革熱要截去四肢？」

「就算病毒經蚊子叮過的地方傳入，不是只需要截去蚊子叮着的部位嗎？」

「爸爸，會不會經過多人的口傳，每人加多一點，蒼蠅變成了大象，誤傳為截去四肢呢？」

胡爸爸招架不住了，不得不重新思索他聽來的消息是否完全真確了。

文文、林林和貝貝都很愛小動物，他們都很想養一隻寵物，就這件事情，他們已向胡爸爸央求很久了。

「爸爸，我們養一隻小狗好嗎？」

「小狗佔的地方多，又要為牠準備很多食物，替牠洗澡，帶牠到公園散步，你們功課這麼多，有這個時間嗎？」

「那麼，我們養一隻小貓好了。」

「養貓要在廁所擺設一個沙盆，讓牠在那裏解決大小便，那個沙盆每天都要清理，誰人負責？」

「那麼，我們養一隻兔子好了。」

「兔子不易養，你們忘記了嗎？那一次養了一對兔子，牠們不知吃了什麼東西弄至肚瀉，結果死了，你們哭了幾天呢！」

經過一番討價還價，胡爸爸批准

他們養金魚，條件是他們要自己清理魚缸，自己買魚糧，不能增加媽媽的家務辛勞。

得到爸爸的允許，他們三個興高采烈的來到寵物店前。

店舖很大，一邊是售賣狗兒、貓兒、葵鼠、兔子、鳥類等等的；另一邊是專賣魚類的部分。這裏有姿態妙曼的金魚，像水中盛開的金菊；有彩色斑爛的熱帶魚，像神仙般優悠自在；還有身上滿布螢光點的彩雀魚，像箭般亂竄。看得文文、林林和貝貝心花怒放。這時，店員過來招呼他們了。孩子們開始發問了：

「叔叔，哪一種魚耐養？」

「叔叔，哪一種魚容易照顧？」

「叔叔，哪一種魚吃得最少？」

「叔叔，哪一種魚的魚缸不需用電子氣泵？」

一連串問題機關槍般掃過去之後，店員給他們介紹了一種「鬥魚」：

「這種魚非常活潑，也很耐養，有三至五年的壽命。牠生命力很強，不需用氣泵，打理容易，只需三天換一次水；吃的東西也不多，每天只吃幾粒魚糧，不用餵紅蟲。」

文文、林林和貝貝心滿意足，因為這種小魚兒完全符合他們的條件。

於是，三個小孩兒，提着一個塑料袋，裏面養着一條紅色的長尾鬥魚，還有一袋翠綠的水草，高高興興地回家去。為什麼是一條魚呢？因為店員不許他們買一對，說這種魚好勇鬥狠，見到有其他魚類非鬥個你死我活不可。

　回到家中，文文、林林和貝貝忙了好一陣子：把舊的小金魚缸洗乾淨，放入白石子和新買的水草，注滿清水後，就把小紅魚放進去。三個小孩子，就圍着廚房的小桌子，觀看着這個新來的小伙伴。

　小紅魚在牠的水晶宮裏遨游，打量着這個新天地；又隔着玻璃缸，用牠黑芝麻

般的小眼睛注視着他們。文文把三粒乾魚糧拋入水中，小紅魚飛快的從水底竄上來，小嘴巴一開合，魚糧就不見了。

這時，胡爸爸下班回來了。他一邊換衣服一邊走到桌子前。

小紅魚看到他的影子，立刻游過來，用那黑亮的小眼睛打量着胡爸爸，帶着研究的精神。看了半天，發覺這個「大人物」完全沒有攻擊性，才不屑地擺動着牠那長長的紅尾巴，轉身走了。小紅魚舒暢地泡在水中，在綠藻中穿插。

「買了這條小紅魚，你們可滿意了？」「問題」爸爸說。

「爸爸，這鬥魚好勝心強，容不下別人，是不是注定一世孤獨？」

「爸爸，小紅魚睡覺時，要不要躲在石子或水草中？」

「爸爸，小紅魚睡覺時怎樣閉上眼睛？」

「爸爸，小紅魚常常一動不動，呆在水中老半天，牠在想東西嗎？」

「爸爸，小紅魚有沒有腦子的，你猜牠在想什麼？」

「爸爸……」

「爸爸……」。

胡爸爸皺了皺眉頭，他的「問題」兒

童的問題又潮水般湧來了，把他淹沒了。

讓我悄悄的告訴你：

其實，胡先生的心中正在微笑着說：

「但我喜歡呀！」

小魔怪

　　校工王伯一手拿着掃帚，一手拿着小箕，正彎着腰把課室外走廊上的一兩塊紙屑清理。秋風很涼快，課室內也很清靜。小朋友很乖嘛，王伯忍不住微笑點點頭。

　　忽然，四Ａ課室內傳來一陣推桌碰椅的聲音，同學們都在譁然大叫。只聽見丁老師大喝一聲：「何傲山，停手！為什麼又騷擾同學了？」

　　「唉！」王伯看看腕中的日曆表，「今天是星期四，小魔怪又『發癲』了。月

102

圓之夜人狼叫了！」

　　說起「小魔怪」，大名鼎鼎。四年級同學和全校老師員工，都無人不知，無人不曉。

　　小魔怪十歲了，就讀四Ａ班。他身材稍胖，模樣兒肥肥白白的，但不討人嫌，衣着整潔，功課也交得齊，可是平日脾氣較急躁，總覺得別人對他不好。一點小事也不能忍讓，例如別人經過他的座位碰跌了他的書本之類，都要罵罵咧咧的。但這問題不大，都是同學間常見的小事。最奇怪的是：每逢到了星期四，他就像着了魔

似的，變了另一個人，有事沒事，都會找些碴胡鬧狂叫一番，非要老師把他嚴屬處分不可。使大家想到「月圓之夜，人狼變身，對月狂嚎！」的情景。所以背地裏大家都稱他做「小魔怪」。

現在，下午五時了，同學們都陸陸續續回家去，教師休息室裏一片清靜，小魔怪倚着門口的粉牆罰站，丁老師和其他幾個老師在批改作業。

忽然，登登登登，一陣踏着高跟鞋的腳步聲傳來，一位穿着行政人員套裝，打扮入時而又略帶嚴肅的女士走進來。小魔怪的眼睛忽然迸亮，嘴角泛出一絲不

容易為人察覺的微笑。

　　女士瞟了小魔怪一眼，帶點親切又帶點怒意，她徑自走到丁老師桌前。

　　「丁老師，對不起，太麻煩你了，傲山今天又犯了什麼事呢？」

　　「何太太，他呀，今天快下課的時候忽然又胡鬧起來，在前面的同學背上貼上隻大烏龜。同學轉過身來和他理論。他便和同學爭執起來，幾乎把同學推倒跌在地上，幸好給倒下來的桌子擋住了。」

　　「山山！」何

105

太太轉過身子，大聲斥責道，「你又搞事了！究竟為什麼？你以為媽媽很清閒嗎？每次都要我來見家長。你知道媽媽的公司有多少重要的事情要處理嗎？」

「何太太，」丁老師截斷了她的話，說，「我們都覺得傲山情緒上有點問題，希望你能抽空跟他談談，尤其是每逢星期四，他都特別『作怪』，希望你好好了解一下。」

「好的好的！一定一定！對不起，丁老師！」傲山的媽媽拿起皮包，拖着他的手走出門口，一面絮絮叨叨的數落着傲山的不是。

丁老師在窗口目送小魔怪緊緊的拖着媽媽的手，像換了副模樣，滿開心地蹦蹦跳跳走上母親的汽車，不禁搖了搖頭。

　　學校的科學展覽日就快來臨了。每一班每一組同學都盡心盡力地準備他們的展品：有的設計了模型來解釋日蝕月蝕的原理；有的用火柴盒砌了高樓大廈的模型，解釋屏風樓為什麼影響了社區的空氣流通；有的陳展了自己製造的肥皂；有的擺出了自己種的小盆栽。小魔怪的一組是用不同顏色的水養着花兒，介紹植物毛細管吸水的作用。丁老師發覺小魔怪非常投入，做得十分用心，

和同學也很合作。他提議用白色的康乃馨做示範的花兒，讓白色的康乃馨吸了不同顏色的水後，變成七彩繽紛的花朵。他還興奮地告訴同學，他的媽媽也會抽空來參觀。

盼着盼着，科學展覽日終於來到了。參觀的人真不少，有的爸爸媽媽來了，有的姨媽舅父來了，有的爺爺嫲嫲來了，有的公公婆婆來了。每一個小攤位都精心布置，紮汽球、綑絲帶，七彩繽紛。小魔怪的攤位叫「神奇七色花」，養在一瓶瓶不同顏色的水中，白色的康乃馨變成七彩豔麗的花兒。小魔怪也十分雀躍，他說

他要做講解員，親自向前來參觀的媽媽解釋這些花兒變得美麗的原因。

太陽漸漸西斜，耀眼的光輝慢慢收斂，小魔怪臉上的興奮與光彩也漸漸黯淡了——展覽會快要結束了，而他的媽媽仍未出現。

四時許，展覽會完結了，同學們都拖着前來參觀的家人的手，高高興興地回家去。

小魔怪呢？丁老師四處搜索。只見校門外一個小小的身影，抱着頭，披着滿身的斜輝，坐在花圃的石礱上。今天是展覽日，沒校車接

送的。誰來接他走呢？丁老師心中着急，連忙走出校門外。

　　小魔怪垂着頭，手中緊握着一小束七色的康乃馨，一滴滴的淚珠不自覺的滴在花兒上。

　　忽然，背後伸出一隻手，用一塊柔軟的紙巾輕輕拭去他眼角的淚水。抬頭一看，丁老師正站在他的身旁。

　　「丁老師，沙子吹入眼了。」小魔怪挺直腰，倔強地説。

「對呀！外邊風很大，我們回學校好了。等一會兒我送你回家。」

「不⋯⋯不！我在這裏等好了，媽咪說過要來的，她⋯⋯她說過要來參觀的。」小魔怪忍不住了，眼淚像決堤般瀉下來。

丁老師呆住了，這個倔強的小男孩今天真是傷心透了。平日見到的他都是嬉皮笑臉，或是躁動不安的，現在卻是滿臉晶瑩的淚水。

「不要哭，」丁老師把他緊緊的擁入懷中，「我替你把媽媽找來！你別走開！」

丁老師奔回休息室，撥電

話到小魔怪家。

「我是何太，傲山的家長。你是⋯⋯」

接電話的人聲音很陌生，但丁老師已顧不得這麼多了：「我是丁老師，傲山的班主任。」丁老師把小魔怪的情形一五一十的告訴她。

「啊！丁老師，對不起，我馬上來接他。」

放下電話，丁老師立刻回到小魔怪身邊，告訴他媽媽就要來了。

果然，十多分鐘之後，一輛村巴駛來了，一位家庭主婦打扮的女子匆匆下車──她大着肚子，還拖着一個三歲左右的小女孩。可能太匆忙了，她穿的還

是家中便服，還踢着一對涼鞋。

「傲山，傲山，你怎樣了？跟我回家去吧！我做了你最愛吃的香蕉蛋糕呢！」

丁老師十分驚訝，因為這個何太太不是星期四出現的何太太。

「你是……」

「我是何太太，山山的後媽。」

「啊！」

「對不起，何老師，麻煩你了，累你久候，我帶傲山回家吧！」這位何太太並沒有解釋為什麼那位何太太沒有來。

這位何太太親切地走到傲山面前，向他伸出了手。但小魔怪

卻甩開了她的手，黑着臉上車了，右手一拋，六朵美麗的花兒橫七豎八的躺在地上，像一堆破碎了的心。

何太太拖着女兒，跟着小魔怪上車，回頭給丁老師一個尷尬的微笑，說：「再見！」

車開了，丁老師彎着腰，小心地把花兒一朵一朵的撿拾起來，像撿拾起一顆破碎的心。

回到休息室，丁先師把這些美麗的康乃馨插在水杯上。「我可以把這顆破碎的心綴合

起來嗎？」她輕輕歎了一口氣。

　　快五時了，是平日放學的時間了，丁老師收拾好桌面的東西，正準備離開，忽然，一陣惶急的高跟鞋聲傳來。

　　「丁老師，為什麼今天提早放學了？傲山呢？」何傲山的親媽媽終於出現了。

　　「何太太，你請坐，我要跟你談談。」

　　當丁老師把小魔怪今天的表現一一說出來時，何太太拍拍自己的額頭，道：「哎喲！糟糕！兩個星期前傲山是向我提過這個展覽的，我答應他來觀看。跟着我到了外地公幹，昨天才回來，匆忙之下，只記得

來接他，就忘記了他的展覽了！」

「這是傲山特意做來送給你的。」丁老師向她遞過了一束七色的康乃馨。

「啊！」何太太接過花兒，眼眶紅了，她說：「丁老師，我知道傲山很『黏』我。每逢星期四，他總要搞點事，要老師罰留堂見家長，就是因為他知道我星期四下午放假，所以變着法子不搭校車，要我來接他，好和他出外。」

「都是我不好，事業心重，忽略了他。我自己的工作非常順利，不斷升職，每升一級，工作便多一些。傲山爸爸是很重視家庭的男子，他希望我留在家中相夫

116

教子，最好再添個小寶寶，不要把太多時間放在工作上。但是，要我放棄如日方中的事業，我又辦不到。我連傲山也照顧不好，於是，大家常常爭吵，結果分手收場。他現在的妻子也是我的朋友，她溫柔賢淑，照顧傲山也很周到，所以我很放心。我以為我在工作上賺了錢，攢下錢來供傲山讀大學、碩士、博士，就盡了做母親的責任，誰知卻忽略了孩子的心。這孩子，真可憐！我以後會多抽點時間陪他的了。」說着說着，何太太抽泣起來，丁老師默默地遞上一盒紙巾。

第二天中午，丁老師特地

把自己和傲山的飯盒從飯堂拿到音樂室，和傲山一邊吃一邊談起心來。丁老師把昨天他走後他的親媽來過的事告訴他，也把媽媽的處境和歉意告訴他，還告訴他媽媽供他讀大學的心願。但傲山只是低頭吃飯，不作聲。

丁老師又問他：「你怎樣稱呼後媽？也是叫媽媽嗎？」

「不！」傲山開腔了，低聲說，「叫雪姨。」

「雪姨對你好嗎？」

傲山沒作聲，但他愛吃什麼，雪姨都知道，還常常弄給他吃。他穿的衣服鞋

襪，每件都洗熨得乾乾淨淨。

「雪姨對你和小妹妹，哪一個好些？」

小魔怪也沒作聲，因為他自己也分不清。無論吃什麼東西，他和妹妹都是一人一份，通常他的一份還會大些。蘋果、芒果也是他吃大的。雪姨的理由是：哥哥個子大，吃大的；妹妹年紀小，吃不了這麼多，所以要小的。買新衣新鞋，大家都有份。朋友送禮物給他們，就算在妹妹的生日會，雪姨都會囑咐朋友，兩個小朋友都要有份。

「雪姨有替你檢查功課嗎？」

「有！」這次小魔怪答得

很快，因為他想起每逢他做功課，雪姨都關了電視機，坐在桌旁織毛衣，方便他有不明白的可以立即發問。妹妹就坐在他身旁看圖畫書，雪姨不許她騷擾他做功課。

其實，雪姨對自己真不錯啊！

過了三個星期，學校的運動日到了。掛在校園上的彩旗在北風中獵獵作響。地上用白粉筆分了許多區域：這區是賽跑、接力、跨欄；那區是擲豆袋、拋藤圈、胯下傳球；遠一些便是跳高、跳遠區了。看台也砌好了，好讓家長進來坐着參觀。

小魔怪參加了四百公尺接力和跳遠，他頻頻向看台張望，看看媽媽能不能請

假前來參觀。

　　他有點失望，因為已經到了他參加的最後一個項目——四百公尺接力了，司令台已發出了最後召集，他已站在起跑線上了，看台上仍然沒有媽媽的影子。

　　忽然，一把清脆的童音響起來：「哥哥，加油！」好熟悉的聲音啊！回頭一望，原來挺着大肚子的雪姨和他的妹妹正站在校園的鐵絲網外望着他呢！小妹妹張開一張畫紙，上面用彩筆歪歪斜斜的寫着「哥哥加油」四個大字。

小魔怪有點臉紅，又怕同學看見，立刻別轉了臉。但嘴角卻不經意泛起了笑意。

丁老師也看見了，她走到鐵絲網前，邀請雪姨進來坐在看台上觀看。但雪姨說不必了，怕傲山不高興，一會兒在校門外接他回家便是了。丁老師只好作罷。

慢慢地，大家都察覺了一些細微的變化：小魔怪多了一些笑容，少了幾分暴躁。星期四的「月圓人狼叫」也沒有了，因為他的親媽每逢周四都提早來接他，把車子停在校門外，接他逛街吃東西。看來，小魔怪心靈的冰封開始慢慢的消融了。

這一天，還有兩節課才放學。小魔

怪忽然收拾好書包，走到丁老師面前，說：
「老師，我要提早兩節課離開學校。」

丁老師連忙問他原因。

他高興地說：「爸爸來接我到醫院去探媽媽，我的小妹妹出生了！」

丁老師從課室的窗子望出去，只見小魔怪拖着爸爸的手，蹦蹦跳跳的上了一輛私家車。丁老師的眼角開始濕潤了。

「這顆破碎的心終於重新黏合了，『小魔怪』也要除名了。」

丁老師用紙巾輕輕印去了開心的眼淚。

作家分享・我想對你說

　　親愛的小朋友，我們又在書中見面了。這時候，你正舒舒服服的坐在椅子上，翻開了我的書，是嗎？只要書本一打開，你的世界就會更寬廣了，你的心靈就會更豐盛了。

　　初春時節，我經過春天的花園，嫩綠的樹芽兒欣欣然張開了眼，青草「唰唰」地從地裏鑽出來，黃水仙的嫩莖箭般從泥土中冒出。正像你們，一天天的長大，正急急的張開你們的眼睛，敞開你們的心靈，去觀察這個世界，探索你們的前路。

　　因此，我願帶領你們進入這本書的故事中，分享書中小朋友的經歷。

　　書本中，「小飛豬」會和你分享他的奇妙旅程，告訴你他的減肥大計。從內地來的小雯，以她的經歷，見證了如何在老師和同學的幫助下，跨越了語言的障礙，克服了膽怯和自卑，成為一個人見人愛的小歌手。從香港移居溫哥華的海亮和天藍，會告訴你如何從失去爸爸的傷痛中走出，協助媽媽渡過適應新環境的難關。

在書中，你還可以看到：「問題」爸爸如何滿心歡喜，甘心被「問題」兒童潮水一般湧來的問題所淹沒。因為他知道好奇多問，正是你們思考之始，成長之始。

最後，「小魔怪」傲山如何理解到後媽對他的愛，重新投入溫暖的家庭，過正常的學校生活？這要靠小朋友自己去思考了。

你會發覺，這些故事中，或者有你和同學、朋友的身影。我告訴你這些事情，就是想你明白：在你們成長的路途上，不盡是和風細雨，有時也會陰雲蔽天，雨暴風狂。

但是，不要怕！你的身體和心靈會一天比一天強壯，你的身邊有關愛你的爸媽、師長、同學和朋友，只要你奮力向前，一定會渡過難關的。

不要怕！

勇敢地迎向你成長路上的春夏秋冬吧！

——陳華英

仔細讀，認真想

看完本書之後，你心裏會有什麼感想或收穫呢？你有遇到過書中人物遭遇的問題嗎？你會怎樣解決？請想一想！

1. 「小飛豬」的減肥計劃可行嗎？你可有其他更好的計劃供他參考？

2. 你是不是覺得自己總不如人？你有想過自己的長處嗎？請說一說自己的三項長處。

3. 你會自己動手做玩具嗎？你曾經動手做過什麼玩具？當你又動手又絞盡腦汁的時候，你有什麼收穫？

4. 如果家中遇到困難，你會怎樣做？試寫下一個例子，記述一次家中有困難的時候，你或者是和你的兄弟姊妹怎樣幫助爸媽一起解決。

5. 如果你對事物經常都充滿疑問，可能覺得自己蠢，但我卻說你聰明。請翻開牛頓或愛迪生的傳記，找些例子來證明我的說話是對的。

6. 「小魔怪」想見親媽，他用的方法對嗎？如果是你會怎樣做？後來，他能重新投入溫暖的家，你猜他和後媽都付出了什麼？

　　小朋友，我們可以從作品中學習作者的寫作技巧，快來看一看，學一學吧！

1. 比喻法：就是根據事物的相似點，把某一種事物比擬作另一種事物，使描寫的對象形象化。用比喻法描寫事物，可使事物形象更鮮明生動。

　　例子：可惜我那龐大的身軀不爭氣，只躍了兩吋便「啪噠」一聲像鐵錨一般墜下來了，跌了個「烏龜溜滑梯」——四腳朝天。（《小飛豬的奇幻旅程》）

　　賞讀：用「鐵錨」比喻小飛豬的身軀，人們就會想像出他身體的重量。以「烏龜溜滑梯」去比喻小飛豬跌下的姿勢，就會很形象化的表達出「四腳朝天」的樣子。用比喻的修辭手法去寫文章，會更形象化，更生動有趣。

2. 誇張法：就是運用豐富的想像力，把描寫對象的特點誇大、渲染。運用誇張法，能引發讀者的想像，增強要表達的效果。

　　例子：胡爸爸皺了皺眉頭，他的「問題」兒童的問題又潮水般湧來了，把他淹沒在家中。（《「問題」爸爸 VS「問題」兒童》）

賞讀：「問題」兒童的問題會有「海上的潮水」般多嗎？他們的問題會把爸爸「淹沒」嗎？當然不是！但這樣寫就會使你想像到，他們問題之多如海水一樣，加強了要表達的效果。

3. 擬人法：就是把動物、植物或者其他物件當作人來描寫，給它人的思想、情感、行為和動作。運用擬人法寫作，可使呆板的事物變得生動有趣，形象鮮明，而且更有親切感。

例子：小紅魚看到他的影子，立刻游過來，用那黑亮的小眼睛打量着胡爸爸，帶着研究的精神。看了半天，發覺這個「大人物」完全沒有攻擊性，才不屑地擺動着牠那長長的紅尾巴，轉身走了。（《「問題」爸爸 VS「問題」兒童》）

賞讀：在這段文字中，我們可以看到用上「打量」、「研究」、「發覺」和「不屑地」等字眼來形容小紅魚，讓牠有人類的思想、情感和行為，那樣，小紅魚的形象就更鮮明，神態更活靈活現，動作更活潑有趣，而且顯得更親切了。